Gilles Gauthier

Pas de prison pour Chausson

Illustrations
de Pierre-André Derome

D1264406

la courte échelle
Les éditions de la courte échelle inc.

Les éditions de la courte échelle inc.
5243, boul. Saint-Laurent
Montréal (Québec) H2T 1S4

Conception graphique:
Derome design inc.

Révision des textes:
Lise Duquette

MAR 2 2 2000

Dépôt légal, 4e trimestre 1999
Bibliothèque nationale du Québec

La courte échelle bénéficie de l'aide du ministère du Patrimoine
canadien dans le cadre de son Programme d'aide au développement de
l'industrie de l'édition. La courte échelle est aussi inscrite au programme
de subvention globale du Conseil des Arts du Canada et bénéficie de
l'appui du gouvernement du Québec par l'intermédiaire de la SODEC.

Données de catalogage avant publication (Canada)

Gauthier, Gilles

    Pas de prison pour Chausson

    (Premier Roman; PR86)

    ISBN: 2-89021-360-9

    I. Derome, Pierre-André. II. Titre. III. Collection.

PS8563.A858P38   1999   jC843'.54   C99-940509-8
PS9563.A858P38   1999
PZ23.G38Pa   1999

Gilles Gauthier

Gilles Gauthier est l'auteur de plusieurs pièces de théâtre et surtout de nombreux romans pour les jeunes. Il est également le concepteur principal d'une série pédagogique, en dessins animés, sur l'écriture.

Son talent de romancier a été récompensé à de nombreuses reprises. Il a entre autres reçu le prix Alvine-Bélisle 1989, choix des bibliothécaires, pour son roman *Ne touchez pas à ma Babouche* et, en 1992, le prix du livre M. Christie pour *Le gros problème du petit Marcus.* Ce dernier figure également, depuis 1994, sur la liste d'honneur du IBBY international, qui couronne les meilleurs livres jeunesse au monde, et a aussi été retenu en finale du Prix international du livre Espace-Enfants en Suisse en 1998. Plusieurs romans de Gilles Gauthier sont traduits en anglais, en chinois, en espagnol et en grec. Véritable amoureux des livres, Gilles Gauthier adore bouquiner pendant des heures dans les librairies.

Pierre-André Derome

Dire que Pierre-André Derome dessinait avant même de savoir parler serait un peu exagéré... Mais il est vrai que, depuis toujours, il entretient une grande passion pour les crayons de couleur et les livres pour les jeunes. Il a même son propre studio de graphisme. À la courte échelle, il est l'illustrateur des séries Marcus, Babouche et Chausson de l'auteur Gilles Gauthier. Il a également illustré, dans la série Il était une fois..., l'album *La princesse qui voulait choisir son prince* de Bertrand Gauthier. Et même quand il travaille beaucoup, Pierre-André garde toujours du temps pour jouer avec ses deux enfants et son gros chien. De plus, il pratique le hockey et le tennis.

Du même auteur, à la courte échelle

Collection Premier Roman

Série Babouche:

Ne touchez pas à ma Babouche
Babouche est jalouse
Sauvez ma Babouche!
Ma Babouche pour toujours

Série Chausson:

Petit Chausson, Grande Babouche
Pas de Chausson dans mon salon

Série Marcus:

Marcus la Puce à l'école
Le gros problème du petit Marcus
Le redoutable Marcus la Puce
Le gros cadeau du petit Marcus

Collection Roman Jeunesse

Série Edgar:

Edgar le bizarre
L'étrange amour d'Edgar
Edgar le voyant
L'étonnant lézard d'Edgar

Gilles Gauthier

Pas de prison pour Chausson

Illustrations
de Pierre-André Derome

la courte échelle

1
Un Chausson pour deux?

Ah non! Le voilà qui recommence. Plus moyen de jouer en paix.

— Veux-tu me dire ce qui t'arrive, Garry? Je ne te reconnais plus depuis une semaine. Tu tapes Chausson pour rien, tu n'arrêtes pas de crier après moi...

— Je ne crie pas après toi.

— Presque pas, non! Dès que tu mets les pieds dans la maison, c'est la dispute. Tu voudrais que Chausson te suive partout. Comme si tu étais jaloux.

— Chausson est mon chien, après tout!

— Ce n'est quand même pas ma faute s'il s'est attaché à moi dernièrement. Il est toujours sur mes talons. Il semble m'avoir adopté.

— Tu fais exprès pour l'attirer.

— Moi?

— Je ne suis pas aveugle, tu sais. Je l'ai vu, ton petit jeu. Tes petites caresses dès que j'ai le dos tourné. Tu aimerais ça avoir Chausson juste pour toi.

— Es-tu malade, Garry? J'ai dû me battre pour que tu viennes moins souvent après l'école. Je voulais travailler à ma biographie de Babouche. Mais chaque soir, sans exception, tu t'amenais avec Chausson.

— Quand Babouche est morte, tu étais bien content de nous voir, mon chien et moi.

— Je le suis encore. Seulement…

— Seulement, maintenant, il
faut prendre rendez-vous. On doit
venir quand monsieur le désire. Et
monsieur s'organise pour que mon
chien soit toujours près de lui.

— Chausson est comme un ai-
mant. Dès qu'il entre ici, il se
colle sur moi et il ne veut plus me
lâcher.

— Tu essaies de le gagner de
toutes les façons.

— J'ai des os cachés dans mes
poches, je suppose?

— C'est facile de séduire un
animal. Pas besoin d'être un gé-
nie. Mais n'oublie pas une chose,
Carl. Chausson, c'est MON chien.
Et personne ne va me l'enlever.

— Je peux très bien me pas-
ser de ton petit Chausson, si tu

veux le savoir! J'ai des centaines de pages à écrire sur ma grande Babouche. J'ai de quoi m'occuper tout l'hiver.

— Parfait! Écris-le, ton fameux chef-d'oeuvre, et laisse mon chien tranquille.

— Tu peux même rester chez toi à l'avenir, si tu as si peur.

— Tu vas regretter tes paroles.

— Enferme Chausson dans une grosse cage et mets un énorme cadenas dessus. Personne ne pourra te le voler, TON chien, comme tu dis!

Garry est rouge comme un piment. Il vient de s'emparer de Chausson en me poussant sur mon lit. Il a claqué la porte de la chambre derrière lui.

Garry n'a plus toute sa tête.

2
Une amitié sacrée

Je n'ai jamais eu d'ami comme Garry et je ne voudrais pas le perdre. Même s'il a déjà été mon pire ennemi.

Au début, Garry était loin d'être gentil à l'école. Il se moquait tout le temps de moi et de ma vieille chienne Babouche.

Il m'avait surnommé «La poche» parce que j'étais nul au hockey. Il appelait Babouche «La mouffette» parce qu'elle se faisait toujours arroser par ces affreuses bêtes puantes.

Puis Garry a appris que mon père était mort autrefois dans un

accident d'auto. Il s'est rapproché de moi et de Babouche. Il est
devenu mon meilleur ami.

Depuis, il m'a souvent montré
combien j'étais important pour
lui.

Garry m'a confié que René,
son père, avait passé quatre années en prison. Un secret qu'il a

réussi à cacher à tout le monde à l'école.

À la mort de Babouche, il a voulu me donner Chausson, que René venait de lui acheter. Juste pour me consoler.

Aussi j'ai du mal à comprendre ce qui lui arrive présentement. Mais j'ai l'intention de réagir.

Garry est mon ami et il va le rester. J'ai pensé à une bonne façon de lui montrer la place qu'il occupe dans ma vie.

Je vais parler de lui dans ma biographie de Babouche. Je passerai assez vite sur l'époque où il n'était pas très aimable. Et j'écrirai plein de pages sur ce qu'il a fait pour moi et ma chienne.

Garry m'a aidé plusieurs fois à retracer ma vieille Babouche qui s'amusait à se perdre partout.

René et lui sont venus avec maman sortir ma chienne de la fourrière.

Quand il va entendre ces extraits de mon livre, Garry saura que je tiens à lui.

3
La vraie peine de Garry

Garry ne s'est pas montré de la semaine. Quand René vient jaser avec ma mère, Garry va chez sa tante avec Chausson.

Lundi, René m'a dit que son gars avait énormément de devoirs. J'en ai déduit que Garry n'avait rien révélé à son père.

Les jours suivants, mon ami étudiait pour un examen important. René était plutôt surpris du zèle soudain de son fils. Il m'a tout de même transmis le message.

Vendredi, cependant, René a décidé de s'en mêler. Il croyait de moins en moins ce que racontait Garry. Il m'a demandé si nous nous étions disputés.

Je ne savais pas quoi répondre. Je craignais d'avoir l'air ridicule. Comment expliquer que mon ami ne tolérait plus que je touche à son chien?

— Garry a changé ces derniers temps. Ça va peut-être vous paraître drôle, mais… on dirait qu'il est jaloux.

Par ses sourcils retroussés, j'ai vu que René était étonné. J'ai été plus précis:

— Garry semble s'être mis dans la tête que je veux lui voler Chausson.

René s'est tu un moment. Il a jeté un coup d'œil vers Nicole. Puis il a ajouté, en me passant la main dans les cheveux:

— Je vais parler à Garry en rentrant. Il reviendra demain.

Nous sommes samedi aujourd'hui et Garry n'est toujours pas là. Mais René croit avoir découvert ce qui est au coeur du problème.

Mon ami n'est pas jaloux à cause de Chausson. Il est troublé par Nicole.

Garry n'a pas connu sa mère. Elle est morte à sa naissance. Quand il a vu René se rapprocher de Nicole, une vieille blessure s'est rouverte. Et Garry est redevenu moins gentil.

— Je sais comment il est, mon gars, il me ressemble. Lorsque j'étais trop malheureux, j'ai eu tendance à me défendre avec mes poings, moi aussi.

«Garry a lutté seul contre sa

peine pendant des années. À ma sortie de prison, j'aurais voulu le consoler. J'en étais encore incapable.

«Je ne suis pas à l'aise avec les mots. Ni avec les sentiments. Je lui ai acheté Chausson.

«Pour lui dire que je l'aimais à l'aide d'un pauvre petit chien.»

4
La vraie peine de René

Je joue seul après l'école depuis quinze jours. Même René n'est pas venu à la maison cette semaine. Je commence à m'ennuyer pour de vrai. Et je constate que Nicole aussi a souvent la tête ailleurs.

J'ai l'impression qu'elle réfléchit à tout ce qui est arrivé dernièrement. Maman doit être embêtée par la réaction de Garry. Elle se demande peut-être si elle a bien fait de laisser René entrer dans notre vie.

Pour m'occuper, en attendant, je travaille à mon livre

sur Babouche. J'ai déjà écrit cinq versions des pages où il est question de Garry.

Nicole m'observe de la cuisine. Elle doit être étonnée de voir le tas de feuilles dans mon panier. Je ne fais pas autant de brouillons pour l'école.

Nicole s'est levée. Elle doit venir m'encourager.

— Babouche te rend la vie dure?

— Ce n'est pas Babouche, c'est moi, «l'auteur». Je ne trouve pas les mots qu'il faut.

— Certaines situations ne sont pas faciles à décrire.

— J'ai beau me creuser les méninges, je sors seulement des platitudes.

— Tu désires probablement exprimer quelque chose de très

important. Tu ne voudrais pas rater ton coup.

— C'est exactement ça.

Nicole s'est éloignée. Elle revient sur ses pas.

— Tu t'es sûrement déjà demandé pourquoi René est allé en prison.

Mon crayon m'a glissé des doigts. Je me suis posé cette question cent mille fois. Mais je n'aurais jamais osé interroger Garry là-dessus.

J'ai répondu à Nicole en bredouillant:

— Si Garry veut me le dire, il va le faire.

— René veut justement que je t'en parle. Il se sentait mal à l'aise d'aborder le sujet avec toi.

Nicole s'est assise sur mon lit.

Elle a pris mes mains dans les siennes.

— René semble un homme très fort. Mais le jour où sa femme est morte, toute sa vie s'est écroulée. Resté seul avec Garry, il s'est senti démuni. Il est devenu si malheureux qu'il a voulu tout oublier.

Nicole s'est arrêtée. Elle a hésité quelques secondes avant de continuer:

— René a bu, il s'est battu et il a gravement blessé quelqu'un. Pendant quatre longues années, il a dû purger sa peine. Maintenant qu'il s'en est sorti, c'est Garry qu'il veut libérer. De tous ses gros chagrins cachés.

5
Un Chausson retrouvé

Mon ami Garry est là. Il vient d'entrer dans la cour. Chausson est tout excité.

Il n'arrête pas de sautiller autour de moi. On dirait un chien à ressorts tombé d'un douzième étage. Il est fou comme un balai.

Je n'aime pas trop son manège. J'ai peur qu'une joie aussi évidente ne plaise pas tellement à Garry. Qu'il reparte avec son chien.

Je vois bien que je m'énerve pour rien. Garry s'amuse des bonds de Chausson. Ça rend son retour plus facile.

Garry paraît un peu gêné. Il n'a presque pas parlé. Il m'a simplement demandé à quel jeu je préférais jouer.

Quand j'ai suggéré le frisbee, il a fini par démarrer:

— Je suis content d'être ici. Je trouvais le temps long chez ma tante.

— Moi aussi, je suis content. Tu ne peux pas savoir comment.

— Ma tante ne raffole pas des chiens. Chausson s'ennuyait chez elle. Il avait hâte de bouger.

— J'ai cru remarquer.

Garry a éclaté de rire, puis il s'est tu de nouveau. On s'est lancé le frisbee quelques fois. Chausson a tenté de l'attraper: il a reçu le disque sur le nez. J'ai pris la parole à mon tour.

— Je me suis pas mal avancé dans ma biographie de Babouche. Hier, j'ai terminé un chapitre où tu joues un rôle important.

— Moi?

— Dans l'histoire de Babouche, c'est normal que tu sois présent. Tu aimerais que je te lise ce bout-là?

— Tu ne dois pas te sentir obligé.

— Ça me ferait plaisir, au contraire.

On a couru vers ma chambre et j'ai sorti mes écrits. Chausson a grimpé sur les genoux de Garry et il a dressé l'oreille. Tous deux étaient prêts à m'écouter.

J'étais nerveux comme une punaise. Mes jambes tremblaient sous ma chaise. Après m'être

éclairci la voix, j'ai finalement commencé:

— Je raconte ce qui est arrivé le printemps dernier. Quand tu m'as offert Chausson pour remplacer ma Babouche. J'avais une grosse décision à prendre. Mon chapitre s'intitule:

Chien à garde partagée

Quand Garry est revenu à la maison pour savoir ce que j'avais décidé, ça s'est drôlement passé.

Au lieu de parler, j'ai couru vers Garry et je l'ai serré dans mes bras. Comme ça, sans y avoir pensé à l'avance.

Je savais ce que Chausson représentait pour Garry. Et je l'ai serré dans mes bras pour lui montrer que j'appréciais ce qu'il avait voulu faire pour moi.

On a pleuré tous les deux. Moi, ce n'est pas surprenant, je pleure tout le temps. Mais c'était la première fois que je voyais Garry pleurer.

Quand on a été calmés, je lui ai dit clairement ce que je pensais. Chausson, c'est son chien, et pas question qu'il me le donne. Cependant, je suis prêt à l'aider à l'élever.

J'ai quitté ma page des yeux pour voir la réaction de Garry.

Deux petits ruisseaux coulaient doucement sur deux grosses joues qui me souriaient.

6
Un rendez-vous inattendu

Quand Garry est entré aujourd'hui, il avait un air bizarre. Il portait sur son dos son énorme sac d'école. Dès que je l'ai aperçu, j'ai réagi:

— Tu ne veux pas me faire croire que tu as trop de devoirs pour jouer?

Garry n'a rien répondu. Il m'a attrapé par la manche et il m'a entraîné vers ma chambre. René, qui l'avait emmené en auto, était intrigué lui aussi:

— Tes devoirs ne sont pas finis?

Nous avions déjà disparu.

Garry venait de fermer ma porte et Chausson trônait sur mon lit.

— Tu peux m'expliquer ce qui te prend?

Garry est resté muet. Il a esquissé un sourire et il a fouillé longtemps dans son sac.

Chausson frétillait de la queue en essayant de voir l'objet mystère. Je devenais impatient. Garry a sorti du sac une sorte de cahier à spirale.

— Tu écris, toi aussi?

Garry a fait non de la tête et il m'a donné le cahier. Avec une voix un peu brisée, il a alors déclaré:

— Je veux te présenter ma mère.

Sur le coup, je suis resté figé. Je regardais l'album devant moi et je n'osais pas aller plus loin.

Garry m'invitait à entrer au coeur
même de sa vie.

— Tu peux l'ouvrir. Tu vas
voir comme elle était belle.

Machinalement, j'ai obéi et
j'ai soulevé la couverture. J'ai vu
sur la première page la photo
d'une femme en blanc.

— C'est le jour de son mariage.

Au-dessus de mon épaule, Garry fixait la grande photo. Il avait les yeux pleins d'eau.

Moi aussi, j'étais bouleversé. Il me semblait qu'un épais brouillard s'était levé subitement. Avec une voix plutôt mouillée, j'ai réussi à bafouiller:

— Je suis sûr que… je l'aurais aimée.

7
Une rencontre émouvante

Lorsque nous sommes sortis de ma chambre, Nicole était avec René dans la cuisine. Maman avait sûrement fait une blague, car René riait aux éclats. Ils ont tourné la tête vers nous.

En une fraction de seconde, j'ai vu le rire de René s'effacer. Il venait d'apercevoir l'album dans les mains de son fils. En s'efforçant de sourire, Garry a pris les devants:

— Je voulais que Carl connaisse maman. C'est mon meilleur ami, après tout.

René fixait son garçon. Il semblait abasourdi par le geste de

Garry. J'ai tenté d'aider mon co-
pain.

— J'ai parlé de papa également
et j'ai montré des photos à
Garry.

J'ai jeté un coup d'oeil vers
Nicole. Elle aussi était touchée.

René a regardé Garry pendant
quelques secondes encore. J'ai
vu de l'eau se faufiler sous ses
paupières. René a baissé la tête.

Garry est allé vers son père et
il lui a tendu l'album.

— C'est normal que je parle
de maman. Carl parle de moi
dans son livre. C'est mieux qu'il
connaisse ma vraie vie.

René a pris maladroitement
l'album. Il l'a serré sur sa poi-
trine. Nicole s'est approchée de
Garry. Elle a mis son bras autour
de son cou.

— Je suis sûr que ton papa est d'accord.

Garry restait près de René sans bouger. Il paraissait désarmé par les larmes de son père. Un long silence a suivi.

René a levé lentement la tête. Il a voulu dire quelque chose. Mais les sanglots ont noyé les mots qu'il allait prononcer.

J'ai alors entendu Garry lui murmurer doucement, d'une voix qui m'était inconnue:

— Ne pleure plus, papa. Je suis là. Je t'aime, papa. Ne pleure plus.

8
Un anniversaire étrange

C'est aujourd'hui l'anniversaire de Garry. Et c'est aussi celui de la mort de sa mère. Pour mon ami, c'est comme si la vie et la mort étaient toujours emmêlées.

Hier, Garry avait le goût de jaser, lui qui est renfermé d'habitude. Il en avait long à me raconter.

— J'ai peur quand mon anniversaire approche. Tout le monde a hâte à ce jour-là, mais pas moi. Ça me rappelle trop de mauvais souvenirs.

«Ma mère est morte en me mettant au monde. Mon père est

parti quand j'ai eu cinq ans. Lorsque j'ai commencé l'école, j'ai vu clairement tout ce qui me manquait.

«Au lieu d'avoir à dire "maman", j'ai toujours dû parler de "ma tante". Et je n'ai pas dit souvent "papa".

«J'étais censé avoir un père, je ne l'ai pas vu beaucoup. Avant la prison, il y a eu la boisson. Ensuite, j'ai été obligé de mentir.

«Tu te rappelles, à l'école. Je prétendais que mon père faisait le tour du monde. Mais je craignais qu'on me trahisse, que quelqu'un apprenne que ce n'était pas vrai.

«Aussi je prenais les devants. Je m'arrangeais pour qu'on me laisse tranquille. Je cognais sur les nez trop curieux.

«Puis, un jour, il y a eu toi, toi et ta vieille Babouche. Ensuite, mon père et Chausson.

«J'étais tellement content d'avoir enfin un père et un chien à moi. Je ne pouvais pas croire que ça durerait. Je me répétais presque chaque soir: "Il va sûrement arriver quelque chose."

«Chausson s'est attaché à toi. Mon père s'est rapproché de Nicole. J'ai commencé à avoir peur. Peur de perdre ce qui était à moi depuis si peu de temps.»

J'ai essayé de rassurer Garry. Chausson est son chien et il va le rester. Nicole ne lui volera pas son père. René est près de lui pour de bon. Garry va le constater aujourd'hui.

Garry n'a jamais visité la tombe de sa mère avec son père. Depuis qu'il est sorti de prison, René n'est pas allé au cimetière.

Maman m'a expliqué que René se sentait encore trop coupable. Il ne pouvait se pardonner d'avoir abandonné Garry.

Aujourd'hui, ce sera différent. René ira avec Garry. Ils vont fleurir la tombe ensemble.

Quand ils reviendront de là-bas, ce sera la fête ici. Nicole a déjà préparé un gros gâteau au chocolat. Et moi, je ferai à mon ami une surprise à la hauteur.

J'ai ouvert le grand coffre où je garde mes souvenirs de Babouche. Je vais donner à Garry celui auquel je tiens le plus.

9
Une journée de rêve

Quand Garry et René sont descendus de l'auto, on aurait dit des amoureux. Garry tenait son père par la taille et ils souriaient de toutes leurs dents. Même s'ils avaient les yeux rouges.

Ils étaient prêts pour la fête.

Garry a mangé comme un ogre. Il a avalé quatre portions de gâteau. Chausson en a mangé autant. Il a du chocolat jusque dans les oreilles.

Maintenant, Garry déballe le cadeau que je lui ai préparé. Je l'ai caché au fond de cinq boîtes pour faire durer le suspense.

Garry arrive à la cinquième.

— Je me demande bien ce que ça peut être.

— Tu vas le savoir dans une seconde.

Garry soulève le couvercle de la boîte. Sa figure s'est illuminée.

— Le chandail de Maurice Richard que ton père t'avait acheté!

Le numéro 9 des Canadiens! Tu es sûr que tu veux me le donner?

— J'ai pensé que ça te plairait.

— C'est le plus beau cadeau que j'aie jamais eu. Et sais-tu ce qu'on va faire, Carl? On va le mettre à Chausson pour l'Halloween. On va déguiser Chausson comme tu déguisais Babouche.

— Le chandail va être un peu grand.

— Ce n'est pas grave. Avec mes épaulières en dessous, Chausson aura la carrure d'un redoutable berger allemand.

Tout le monde a ri, sauf Chausson. Il n'arrête pas de renifler le chandail. Il craint peut-être que Babouche soit encore dans les environs.

— Ne t'inquiète pas, mon petit Chausson. Ma vieille Babouche

ne t'en voudra pas. Elle sera
même fière que ce soit toi qui la
remplaces.

Garry fixe le chandail depuis
un moment. Il a le regard dans le
vide. Il n'est plus avec nous.

— J'ai rêvé, la nuit passée. Je
viens de me le rappeler tout à
coup. Je m'en suis souvenu grâce
au chandail. Babouche était dans
mon rêve.

J'ai sursauté aux mots de Garry. J'ai voulu en savoir plus.

— Qu'est-ce que ma chienne faisait là?

— Au début, elle n'y était pas. J'ai vu Chausson à la fourrière. Emprisonné dans une grosse cage, comme ta Babouche autrefois. Il avait l'air désespéré.

— Et qu'est-ce qui s'est passé ensuite?

— On est tous arrivés, René, Nicole, toi et moi. Mon père a ouvert la cage.

— Es-tu sûr que tu as rêvé? Ça ressemble pas mal à ce qu'on a vécu.

— Attends, je n'ai pas fini. Quand Chausson a été libéré, il n'a pas bougé tout de suite. Il a regardé vers le ciel. Il semblait hypnotisé.

«On a tous levé les yeux et on est restés figés.

«Sur un nuage, au-dessus de Chausson, ma mère, ton père et Babouche nous souriaient.»

Table des matières

Achevé d'imprimer
sur les presses de Litho Acme inc.